# 草身

*OOKUBO Haruno*
大久保春乃

北冬舎

# 草身 そうしん 目次

一

装丁＝大原信泉

# 草身《そうしん》

# 一

## 出立

なづの木のさやさやさやさゆらさよならの手紙百通ことごとく海へ

あおぐろく閉じゆく海にかわたれの耳ひらひらと言葉をこぼす

唇に生れてはこぼれほとばしり言葉は昨夜《きぞ》の意味をくらます

立ち返りしずはたくぐる片糸のためらい断ちてひたに言織《こと》る

くれないの思いは言葉　とめどなく降りくれば暁《あけ》の空見上げ立つ

三角闇に銀色沈みもう鳴りも光りも一人ふるえもしない

ミシン目を音立てて断つ今よりは右も左もないひとしなみ

逆恨み逆撫で逆手　鏡中のぜんまいはきのうへと逆巻く

どうしたらよいかが見えている朝をうけくちのまま動かぬ莟

このめはる出立と思う咲き終えしパンジーの細首を折りつつ

あきらめの果ては友情よりもっと深い緑のコノハサボテン

総身に「ギ」の音満たし朽ちるのも一生《ひとよ》ひと息に放つも一生《ひとよ》

## 鳥になる

確かめるように言いきかせるように握りばさみをそっと手放す

編みきって綴じ針ももう片づけてしまってあとは鳥になるばかり

その糸が空に続いていたことに気づくのは羽が点になるころ

紫の花びらほそくゆらめかせながらいつまでもずっととは

内側にたたずむ人を透かしみて見ぬふりの風あるいはこころ

目の端をふとよぎるのがわたくしでなく小綬鶏であればなおさら

すぽっぽほーすぽっぽほーほー一身をなげうつはこの青空のため

## うしろまえ

鳩群れを右へよければ右へ右へ鳩群れはじりじりとにじる

夕陽に向かって自転車を漕ぐ人の指す白い指の先が水際

踊り場のほの暗がりに脱ぎ捨てる　つるりとうしろまえの心を

丹念に砂をかぶせてゆくように合わせ鏡の背より老い初む

言の葉の裏しらしらと重ねゆくほどにあらわな影の顕《た》ちくる

ふくらなるものふくらかに包みてはほろりと零す枉津火神《まがつひのかみ》

書くことの書かれることのうすみどり雲の一文字《ひともじ》より雨になる

差すも引くもとどまりて此の岸に立ち声嗄らすのもなべてたまゆら

## さびしい袖

遠くからなずな菜の花なだらかな真昼の声は黄色にけむる

こま切れの言葉であれば隙間だらけの心よりさらさらとこぼれる

さかのぼりそうになるときおののかす心のうちの言葉の鱗

揺れさわぐ言の葉先をなだめかね親指に　つ、と立ちくらむペン

ひととせを緑にうずめきていまだ緑は驚くばかりさみしい

いっそひと降りとも言えぬましろじろと君の話の中空《なかぞら》にいる

早春の枇杷の葉白く空に向くつかのま君はわたくしのもの

それでもいいいと思えるまでの日月を左右《そう》の膝うっすらとたたんで

そでぐちのさびしい袖はゆうぐれの手首の声を小さくする

ゆうらりとりんごの香りかなしめる森の深きに盲《めし》いてゆけり

## 春の妬心

朝まだき夢とうつつのみくまりに白梅は白き指さし入れる

うつむきて白梅ふふと笑うとき下枝にひかる真澄の鏡

今度、と言いさしてはつかに潤み初む白梅の蘂あるいは君の
さりげなく聞かされる名をひら坂にひらひら四片三片と千切る
肯うよりほかに手立てがあろうとは思えぬほどのおぼろ白梅

たちうちのできないものに逆立てるつるばみ色の心のほさき

そぼつまで春の妬心の降りやまず黒土しとりしとりと踏みぬ

軒深き午後のさびしさ　蕭蕭と降る雨に野の二十五菩薩

## 水なれば

打ち上げられた木くずのようなひかがみに触れれば遠い命のほめき

拳《こぶし》もておのれの膝をひた撲《う》ちしゆうべの君をまぼろしとして

こんな時にもわたくしの指は冷たくてほろりほろりと零れてゆけり

消えそうな君の寝息に降りかかるはなればなれの冷たい指の

うつぶせのままにとろけてゆく君の足裏にうすら黄色の木目

それよりも、とは何よりも枕辺に開かずのひきだしばかりが増えて

流れ落ちてゆくものはばむすべもなく身ぬち深きにこごる言の葉

しゃがみこみ思いなおしてはまた空に向く雨上がりのふきのとう

さくら咲きさくら散りまたこの年もそのどちらにも与《くみ》せぬ心

みひらいてかたわらに佇むうちにかたわらはもう花の散りどき

右と左に振り分けてなお持ち重る水なればいっそ水の意のまま

尋き返すべき瞬の間を頬ばりし五月のイチゴ不覚に大き

## 月草

昇天とう言《こと》のかなしさ桃子さんの花かんむりはつぼみのままに

岩根しまきてとは酷《むご》きこと頸ふかくうなだれて夜の青馬はゆく

わたくしの前行く人の耳の影ほた、指の影ほた、ほた　闇に

月草の葉群に夜の手がともすかそかな光あるいはほたる

ほたるの交す光は浅い息のようで　もう一度、と言いそうになる

闇をくぐる君の声音の硬ければ右の耳より途方に暮れる

こころより先にことばを閉じし夜の公衆電話の窓越しの銀

一生という言の葉の影おぼつかな真夜の受話器の底に置かれて

この世の外をめぐりては夜ごと帰り来る月なればことづてのひとつも

ぎゃあていぎゃあてい

しおりひも巻いてはほどき読みさしのページゆけどもゆけども草萊《そうらい》

つけぶみとう美しき秘めごとつんつんと赤き曼珠沙華のそのむこう

言えぬまま、か行きかく行き夕星《ゆうずつ》のゆうべ袖口ばかり見ていた

深更の海のきわみに深海松《ふかみる》の揺れかえしては深まるみどり

ぎゃあていぎゃあてい泣きながら立ち枯れてゆく真夏の夜の天竺牡丹

つづまりはしらほねの身を折りたたむあなたがもういいと言うまで

写真館の壁いっぱいの青空に浮かぶは家族七人の雲

## 行き止まり

しののめにそろりと来てはうずくまる家猫のような芯熱

かすかな風が壁一面の鏡より生れては髪にとどまりきれず

くりかえしあなたがそれは、　と言いかけるみんな幸せであればいい海

言いきかせられるそばから頸の半ばあたりの髪が昨夜へとなびく

フランボワーズは木苺なればたわめても思い直しても赤紫

これまで、と思えばすうと雨曇る切り花の女《め》の細きなで肩

行き止まりの思いがのめる　しら紙にまるまるまると仮名ばかり並んで

叶う日が来るとも思えぬままじっと叶わぬことのやすらぎにいる

## カレエダナナフシ

傷み深めてゆくわたくしをさらけ出す光のもとに逢うということ

どちらが光でどちらが虚ろだったのか思い出せないほどのすぎゆき

いっそカレエダナナフシになる胸内にかたくなな〈意味〉ばかりきおえば

汲まれないのは汲まれようとしていない水のせいではないのだろうか

女ふたりの声入れ替わり立ち替わりみどりの水のめぐりに生れて

そうではないそうではないとたわめゆく　ナナフシの一つ一つを

〈二兎を追って吉〉なる君と仰ぎ見るはるか連凧の波のあおあお

われの擬態を見抜いて君はゆっくりとニセアカシアの林を抜ける

もうひとすじ南でしたか。とても浅い夢でしたね、と同じ口調で。

## 透明な指

夜のほどろに直ぐ立つグラス　撞球台をめぐる美脚を背景として

注がれしチャイナブルーの湖面よりはつか揺れ立つ南京なまり

横浜の夜空に浮いていることの不可思議　八津さんと魔土さんと

ぐるりとグラスを取り巻いている文字たちがじゅわとかぼわとか夜に溶け出す

透明なガラスのうつわを売るひとの透明な指に屠《ほふ》られる夏

## 千年

ほつれ髪とははるかなことば少女らの髪さんさんと夏の陽に向く

ちちのみの父の記憶の八月のくさりかたびら脱ぐ間もなくて

その日より肌になじめる藤ごろも別れは内に外《と》にとめどなく

植木鉢三つあなたの位置に据え九月一日終日を病む

乳母車押すこともなき一生かと思えば淋し九月の花壇

照準を合わせるのよと母の声　千年のちの罌粟《コクリコ》の野に

罌粟《けし》は宣旨をいただくようにふかぶかと固きつぼみを地に向けて垂る

とはいえ誰も死をまぬがれるはずもなく「決定版」に憩うつかのま

## ダリアとラクダ

さねさし相模の動物園のあさぼらけ駱駝の夢にダリアの潤《ほと》ぶ

駱駝の記憶を百八枚の花びらに沈めて砂にうつむくダリア

黙深《もだ》きフタコブラクダ　過ぎゆきをダリアの花占いにまかせて

「高齢のため立つことができません」高札の下どさりと駱駝

そのあいだにも弾丸は頭《ず》より手際よく抜かれて空《くう》をさまよう駱駝

初秋の琺瑯《ほうろう》の背に透けてゆくフタコブラクダの背《せな》の二瘤《ふたこぶ》

ぐるり

畳の目に逆立つ本は右斜め斜めに雪崩《なだ》れながら踏ん張る

ズボン、シャツ、釣鐘マント、三つ重ねのハンガーの針金のたえだえ

時々にもの言うミシンはたはたとたたまれて木目の箱に静まる

背中よりパッパの声は隣家《となりや》の茉莉ちゃん二歳二か月の艶《えん》

数えれば、時計が四つ、マッチ二個、のど飴三粒、不慮の備えに

ものなべて上へとせめぎ昇るらし限りあるこの立方体を

いただきはしのぶの森の言の葉の束　とことわに浅き緑の

しんこんかんと秋の夜長をこごらせて真中《まなか》に光るはサークライン

然《さ》りとももと思い直してたたら踏む畳四枚半の真四角

かの子ふうにもの書き沈むはずなるをぐるりに泳ぐ二つ眼《まなこ》は

## 言いわけ

粉微塵は周期表の五段目の「ジルコニウム」と唱えし刹那

わたくし何も知りませんのというように風に吹かれている猫じゃらし

それはそうでもそうでなくともよいような三温糖のパウンドケーキ

化粧塩たっぷりとして焼かれゆく戦陣訓のように尾鰭は

宙吊りの心はほつれ暗暗《くらぐら》と両手を広げているような海へ

花を終えしずもる萩の懐手　触れ来しものと触れえぬものと

文字の背に雪降りしきり封じ込めた思いがそっと首をもたげる

夕凪のほどけるまでを並びあい黙りあいつつしんと老いゆく

便箋の折り目にこごる言いわけをいわし雲のかなたに放つ

二

## 静かな草

かぎろいの春日にふるうふたつ影きみは移ろうものばかり追う

かなしみはもうそれだけでのりしろのうっすらとして射す月の光《かげ》

冬はあまたの言の葉を連れうしろ手に扉を閉《さ》して静かな草へ

雨音のひとつうしろに聴いている生まれなかったわれの泣く声

などさらに橋のむこうはさんざめく金色夏穂なのかと問われ

あなたに頒《わ》けるやさしさはもう涸れましたと鳥語でなりと告げてくれたら

それならば夢にあきらめひきひきと横紙裂いてみせるのは君か

千歳《ちとせ》添い千歳を触れぬ二重《ふたえ》蔓葡萄唐草文様の蔓

それでは今日はこのあたりでと折りからのなぐわしき柳絮《りゅうじょ》は放たれ

ぬばたまの夜の青糸かき鳴らす苦しいまでに繊月の爪

のど飴の紙を今日の鶴に折り言わぬと決めているひとつこと

さよならの手紙さやさや「鶴病む」と綴りて春の海に流さんと

## 水めぐる身

あめいろの受話器はどこまでも軽くなるあなたの声を漂わせながら

とくとくと身ぬちをめぐる血の音のふいに高まるような沈黙

あなたがまだわたくしの幻だったころいつも磨いていた玻璃の窓

その隙間に入れてください嵩の張る心は置いてきましたから

肉厚のギャバのコートの中ほどに水めぐる身のぼんやりと立つ

確かめるようにふり向くことはもうやめようと思いながらふり向く

みんなやさしい嘘つきになる夕まぐれ　ごらん向こうに出口が見える

夢の戸は一〇二ページで開かれてゆるゆるのびる平組の糸

コマ送りたわめて見れば沢瀉《おもだか》の秀先《ほさき》の闇に灯る夏虫

青みずら。そういって次の息を吸うあなたの口のあいだの暗闇

いびつなボタンを並べてはまたしまうようにあなたのことは誰にも言わない

暗がり

君の触れねばわれも触れえぬさみどりの水のめぐりを二人めぐりぬ

たまぼこの道の細ければ漆黒も黄金も白も垂りつ行き交う

君の影より半身ずれて曳くわれの影よぎりゆく薄羽蜉蝣

ふいに深む沈黙のとき　君はあわき体温をもつ木霊と思う

一掬の闇を抱くと思うまで哀しく葉書にたまわりし言葉

わからなくなるから蓋に書いておく「ホチキスの針」「君の声」など

ためらいは右から捨てる等身の暗がりにドアの鍵かけるとき

ここのあるじはどうしてもこの男だとものみな鳴っているような部屋

## かなもじ

遠い日に手紙だったこともある泰山木のほのかな右手

さみどりの升目の中にとらわれて途方に暮れるうすらかなもじ

とりとめのない青蚊帳を畳みゆくかさかさと白骨《しらほね》の輪を重ねつつ

めんめんと連なるものに蚊帳吊りの長押の金具のはつかな撓み

それもこれもかなしみの種子《たね》ほりほりと草蔭に孕み猫の飲食《おんじき》

道祖神《さいのかみ》がすっと笑って雲行きはまた落ちるところへ落ちそう

ゆうべの水にほきほきと身を折りたたみわれは氷魚《ひうお》となりてたゆたう

「もらい泣き」

さよならの握手であれば手袋をはずすのだったと　そればかり思う

悲しいのは色なき風とうつぶせの葉書の上のネクタイピンと

いっそ、と思うときのま桜には桜のひと生砂《よ》にひた咲く

さくらさくら民も兵士もバプテスマの予言者も砂に散り散るさくら

咲き盛る花黙《かもく》の繁り伐るとしなうヘテロの指にびっしりと耳

そにどりの一青窈姫《ひとトようき》の「もらい泣き」木隠れ多き春の月には

すがれゆくあわいをまろき微睡《まどろみ》に忍びこむものにまかせて枇杷は

ひとつ足りなくてひとつずつ違うそんな気持ちで茹でるそら豆

その時も笑っていられるかなって箱物劇場閉ざして君は

もうここまでかしらと思いながら聞く肩の先まで息つめて聞く

「望み通り」の「望み」の消えて消しゴムは消しやすいものから順になくなる

ほの酸ゆき甲州おかき小梅味口をすぼめてすうすうと食む

正門と書かれし木戸と勝手口と書かれし木戸のしくしく並ぶ

## 副詞的な日々

白煙のもなかをくだりきり左右《そう》の足ひたと揃うまでの一生《ひとよ》か

並べ直してもなおしてもあてどなきクリップにかそと白骨《しらほね》の影

茶封筒の底にあるいはペン皿のすみに息づくほどのしろがね

蚊遣りよりわれの、銭湯より街の、〈昭和〉はそよろそよろと死にき

母だけの遠い時間の覚めぎわにほろほろとたどたどと「春の歌」

過去形に語尾を連ねてゆく母の信玄袋の底の平板《ひらいた》

わざわいは指の先より忍び入る耳底に痛く夜に爪切る

「僕ら」

今日も左にまわしたあとで思い出す「右に回せばシャープペンシル」

付箋紙と輪ゴムとつがいのクリオネはカステラの箱にしまってあります

「僕ら」ってくられている「ら」の中が私ひとりだったらいいのに

その髪にさわってみたいと思いながら言い出せなくてストローを噛む

引き出しに敷きつめてゆく　ゆうべ君が置き去った言葉をみんな仮名にして

海まで来てどうしてソール・ベローなのはんちくはんちく踊る白波

ふりほどきたいものもあるさよならって言ったら金輪際のさよなら

# 三

# 髪

とてもしずかに歩いていると肩の上で風がゆっくりとまだらになる

だんだらの横断歩道をすべりゆくうねうねと血を吐きつつ蝶が

ささがきの牛蒡さりさり親指から小指さりさり骨の芯まで

帽子かけにとり残された帽子より馬の形の夜がこぼれる

読みかえすたび谷折りは深まりぬ全き玉のごとき便りの

漆黒の髪みしみしと巻き締めて抱けば彼我の界のさざめく

その先は「自由」だったのかもしれない夜半にひとりの髪ほどくとき

## 螺子

透明のガラスをつたう爪跡の、つつ、わたくしはあとずさるばかり

たましいはほのかむらさき、残照のかなたに揺れているもどり花

わたくしはどこに座ればいいのですか、かなしいぜんまいだらけの家の

やすらぎは君の文字より立ち昇るはたおりの仮名、ささがにの真名

もう知らない、って右手を放される前にくさかげろうの妹になる

先の世の空しのびては、ぽーぽーとみどりの声に鳴く鳩時計

影二つ重なる夜を許されて、われは無色の螺子ひとつ捲く

手を離せば一瞬にしてほどけゆくぜんまいに力あること思う

キキ、といい、しばしのちまた、キキ、というわたくしの歯車のとどこおり

止まりそうで、またほのほのと歩み初む左手首の内側の針

## 花殺し

まだすこし綺麗がのこっているうちに記憶の中の窓を訪ねる

さくら呑めばさくら落ちゆく胸の道なかばに玉の緒の滞る

ほどき毛糸に蒸気当てつつ姉さんは一身ほうとさくらの響《とよみ》

姉さんはまぶたを閉じてさよならのかわりに小さく「月夜」と言う

ハルニレに生まれ変わりたい姉さんは鬱金のスープうっとりと煮る

「ひろやすさんと行くのそれとも夜と行くの」問いただされてカメムシになる

「かいがら骨の震わせかたが違うのよ。ひろやすさんと、夜の馬では」

格天井の中ほどに浮く闇だまりとろけて夜の馬にまたがる

〈燃料気化型デイジーカッター爆弾〉の花殺し父殺し子殺し

「ただいま」と帰れば母は八畳のなかほどのひともとの山ゆり

## 終日

煮えてゆくカレーにほぐれてはこぼれほとほと耳の形のくぼみ

「むかしむかしほたるが炎だったころ汗衫《かざみ》の袖は深鍋でした」

野生動物移動位置探査機能付ピアス暮れ方なればたらりと

終日をポストに添いてまるまるとミツオビアルマジロ居眠る

咬まれてはそろほどかれてはそろそろと細りますアルマジロといえど

うえやまとちを師と仰ぎつつカレーにも手抜かりはなくキャツネを少し

# 卵

まあじゃまな、なにかと思ったら背中、それも卵の、罅われだらけの

血の混じる卵を見たら日暮れまでだれとも口をきいてはいけない

ぴたぴたと窓を閉ざしたままけさも雨もう家中がゆで卵

みんな卵のせい、ともいえずしおしおと牛飼いドーラの顔して笑う

「出かけるときはベレーに入れてあげるけど帰るまできっと卵でいてね」

あと十分とにかく「卵」と決めている　余白恐怖のたそがれ

ぬばたまの傘よりほとり、こぼれ落ちる卵は夜の雫になって

## 魚心

蠕動する細長いものは美しいとささやかれればくびれる卵

ハタハタの卵はぶりこあさはかであるときあなたに狎《な》れそうになる

こちらへくださ い、 醬油の壜と今生のこれより先を望まぬ心

とこぶしの恋の平《ひら》たさ 一塊《ひとくれ》の文字ににじませてまたもらい泣き

いつも笑っている決心も砂抜きの蜆しみしみ笑むまでのこと

内海《うちうみ》の丸腰サザエ網の上にじゅじゅと螺旋のいのち閉じゆく

言葉の裏へ裏へと回り込んでしまう壺焼きサザエひやひや冷えて

つばきどまりの湯引きの鱧にすだちの香　同じ心というまさびしさ

鏡のなかに耳を澄ませば遠い日のさよりの骨がちいさく軋む

甘海老の殻剝く指のやさしさにゆるりとほぐれゆく君の眉

もうすこしゆっくり言って　波音が高くて真鯖《まさば》が婆様《ばさま》になるの

言いぎりの言《こと》置き去られ瑞歯ぐむキセルマキガイほうほうと泣く

棒に振る、なりをひそめる　つづまりは吊るし切られるあんこうのきも

逃げ水の目で諭しても意のままにならぬ心のだんだらくらげ

かたちから言えばわたしのほうがややさよりの骨のようなひらがな
数えてしまう指は鯉にやりました。右手の親指から順に……。

古めかしい孤悲歌

［月］

指断たれたる手袋よりもはかなきは言ひさしのままこぼれし「いつか」

大鍋に冷めゆくポトフしんなりと紫キャベツの芯まで一人

その長き名前を夜の口に移さば身めぐりの水のさざめく

月の雫のかたちはいづれさはさはと夜のほどろに領布《ひれ》吹き流す

会ひきとふより触れきとふ雨の海に対《むか》ひて並び立ちしつかのま

それは孤悲　右手を宙にさしのべてたぐりよせてゐる君の温み

「ひるがへつて僕は」より先は骨がらみのいとはしさばかりかもしれない

ごめんなさいつて言ふからいいのつて言つたけれどほんたうは女仏《をんなぼとけ》の群れ

水占に過去世を問へばわたくしどもガウス平面上の濁点

［影］

わたくしも白い卵を産みたかつた血の筋の脈々と浮きたる

沈黙をやさしみながらそよいでゐるシネラリアびつしりと紫

新緑に盲ひたやうに君の声に過ぎるものばかりなぞつてゐる

そこまでは神の領域　夕光に風車ちぎれるまで回りきる

夜の檻に手なづけられし少年の胡乱《うろん》な舌に照る月夜茸

しろがねはうすうす曇り汀《みぎは》まさる蔭より影のぼんやりと立つ

ひとびとの名のこまごまと彫られをりほそき命のつらなりとして

夜の馬の目覚むる音のみじろかぬ君の身ぬちの遠き洞より

逝く夏をいたはるやうにそろそろと君の素足がささがにを踏む

# 四

うらうら

大丈夫です、　とこたえて編みさしの鎖目ひとつゆっくりと引く

すくいはぎにはぎゆけば縦一心に鎖目はくさりの輪をつらねゆく

アーガイル模様のふちに忍逢春雪解《しのびあうはるのゆきどけ》　休み目ひと目

ゆるやかな編み地を抜けてゆく風を重ね合わせるように触れ合う

引き抜き編み一度のあとのしんとした時間に思うそのかみのこと

ほそほそと生成《きなり》の糸がからみあいかぎ針に小さなぬくもり返す

そこまでもその先までも行けそうな輪編みに続く月の満ち欠け

あなたの好きな形には綴じられなくてうっすら鎌の月の実になる

咲くほどに夕暮れてゆくサスキアのおくれ毛がきのうの風にさわだつ

さずかりものは二枚の羽ともういちど昨日を思い直せる心

帰らぬ人を待つより月の実になってるーるるーるとうたっているわ

床に散る骨牌《かるた》の表うら表うらうらあてどなき春の恋

## 塑像

ときおりに小さくくうと啼くポットかたわらに遠い人をなぞれば

コチニールの赤に紛れてしまうほどの歯止めはすでに歯止めではなく

手ひどくの手も手厚くの手も封印しつるばみ色の影を深める

心の四隅を内へとたたみゆくほどに風の名前を忘れてしまう

始まりに光があったことそして水底は永久にみどりなること

制限時間いっぱいまでを尖らせて細々と折れそうなさよなら

充電ランプほっと灯して左手の指の先まで塑像に帰る

## 地図

もう地図はいらないからと降りやまぬ雨のにおいの地図を返され

四月の雨はつつましく降る前髪に折り畳まれた地図のあわいに

言いかけてよどみてはまた引き寄せる栲領布《たくひれ》の葉のふたひらみひら

フロントガラスを下から流れ上がる雨　思いの嵩の途方もなくて

何につけ終の日はくる　またいつかなんて露草色のなぐさめ

ふくらはぎに力を入れてときを待つ眉刀自女《まゆとじめ》なる心でわれは

どうしても踏み込めぬ淵この夕もまわりまわって行き暮れながら

遠ざかる傘のかたちがあやふやになるまで心が空《から》になるまで

## 鹿ケ谷御膳

落花生の箸置きにしばしゆだねおく立ち返るところの〈意味〉を

思い当たる節はハゼと引き揃え、　昆布のくき煮で束ねておきます

賀茂茄子のかたえにはつか抹茶塩そのさみどりの心もとなさ

お目障りでございましょうと紅の色うっすらと刷く茗荷の酢漬け

唐揚げの沢蟹家族は父も子も小さな時計を呑み込んでいて

夏季限定鹿ケ谷南京の浅漬けのさくりとこれの世に憂いなく

無憂華《むゆうげ》の湯呑みは卓にめぐり来てことりほのかに鳴りてはことり

まあなんと丸丸としてまあなんとかそかな土瓶　阿頼耶識《あらやしき》なる

ささげ持つ弦《つる》のたわみのはつかにて捕陀落渡海　われら四人の

笑いさざめく乙女らの背は踊り場でほろり窓辺でほろりとライチ

## 鼻濁音

シマリスのほほえみほとぶ夕まぐれ夢の扉の半ば開きて

ありさまではなくて心のみなもとの象《かたど》りであるあなたの声は

水面《みなも》にそっと浮かべるような鼻濁音思い返せどゆきどころなき

なかぞらに繰り出されては干反《ひぞ》りゆく言の葉の群れかなしむばかり

すこやかなみどりの声は遠い日にはるか向こうの岸に忘れて

さしかわすほどに葉裏へおしとどめられゆく言《こと》の重きかトベラ

たましいとなりて言問う　ひかりうすれるまでの時間はどれほどですか

## もどかしい偶数

いくたびも逢えないものを選《え》られての雨なれば雨の中にまみえる

土の舟にはそこかしこわたくしのあとかた　指のあるいは思慕の

舟の時はまっすぐにさかのぼりキリンソウの蘂へと還る

魂送りの舟は幼のたなごころひとつのくぼみほどの耑にて

さしのべる指のあわいに　わたくしはどこまでももどかしい偶数

まろまろとした雨粒の際に君は立ちこの世の〈時〉にさゆらぐ

## 二番線

文旦のパールイエロー盛り上がり私はどこへ行くのだったか

説き伏せられてしまいそうになりながら二番線の端にとどまる

言の葉の途切れ目がほっと和らいでひとときをまんまるのだんまり

手放しで信じてしまううかつさに心は天《あま》つみそらをかける

蓬《ほお》け果て一生《ひとよ》を暮れるしろがねのすすき千本に千の一生《いっしょう》

音沙汰のない日月を　のどもとに灯り続ける貝のボタンは

門柱に何かがカーンとぶつかってそのまま青い十月の空

## ふりだし

生乾きのページのようにひっそりと開かれているわたくしの位置

こまぎれの言の葉落ち葉掃き寄せて先細りゆくあしたと思う

さわれるものならばいいのに見えるものならばいいのに歌の羽風《はかぜ》の
三行目の頭を「霧」と書き替えてごらんいっそ見えてくるから
ほの白き十薬の花になぞらえて言葉の苞《ほう》のひらかれてゆく

ふりだしにもどるのですね　あなたが黙って夜の底を指差したら
合わせ鏡の奥へとたたむ　夕暮れが金色だった日々のことども
輪郭のない言の葉をふるわせて扉《と》の内に待つ始まりのとき

## 天窓

撫でさするように過ぎゆく日々のうちに三椏の枝はいつしか伸びて

青光るうろこの魚が窓に寄りこのわたくしも生身だと言う

窓辺に二人向き合いながら吹き抜ける風の色ばかりなぞっている

右へ振れそうで左へ振れそうでついに聴かずに終わる挽歌《ひきうた》

一行に直ぐ立つ歌はいにしえの武士の刀のひとふりなりと

淡い緑のセーターの襟に立ち上がるひともとの茎をとっくりと見る

二章よりまぎれこみます熟れすぎの朱《あけ》の実ひとつかなしく抱いて

輪編みの段の境目を見失ってからは先へ先へと進むほかなく

三椏に満ちくる思いキタテハの夜更けのねむりおっとりとして

そう、こんな筋立った茎でした　記憶の野辺にひそりと立つは

天窓を夜へと開き　みずたでのほのむらさきの文字のかなたへ

## 爪の音

おおどかな父とのくらし柱時計のねじ巻く習いのいつしか失せて

貝桶の二つの桶の片われを探しつづけているような日日

今日というひと日を君の夢に在るうすくれないのひと日と思えば

おだやかな日日のあわいにほどけ散るまばゆくてまろきものみな

やり場のない掌こすり合わせては祈りのかたちに組みてたゆたう

そうはいってもきっとあなたはもうなどと思い崩れてゆく逆さごと

身のうちに琥珀の水を湛え立つ壜にかりりと鳴る爪の音

夜来の雨はいつしか上がりしめり深き春の土よりたましいの声

ここよりはどこへも行けぬ道の辺に棒立ちのまま見送る尾灯

## 水底に棲む鳥

つりがね形の花の奥処にうずくまる　捧げもののように静かに

水に棲む花、　その花に棲む鳥のみどりの羽にからまる痛み

お気の毒でしたとぽつり。わたくしたちかの日大きな波に呑まれて

咲きながらさえずりながら祈りながらひと息にくびられてしまう

羽ばたきの水面に遠くもうあなたの輪郭さえも定かではなく

明日もまたその時がくる逃れてものがれてもつきまとう「その時」が

はつ夏の陽はいくたびも折れ曲がりはるか水底の眼にとどく

水底のひそやかな息　傷み深き羽にゆるりと目覚めるものの

かずらの緒は低く鳴り出で一つまた一つ、うつせの貝の舞い初む

ミルクパンとハマヒルガオと絵葉書のアラビア文字と君の羽音と

うすべにの水のおもてに透き見える唐黍畑のみどりのうねり

もういいからもういいからと寄せ返す波間にそっと嘴《はし》をもたげて

逃れたいのではなく深まりたいのです　ふたたびの水の命に

## 花殻

断つことを母より暁《あけ》に、待つことをとっぷり暮れて父より学びき

向こう岸はすぐ、と言っても。ふところに冷たい指の先もしまえず

順列組み合せでは答が出せぬまま花殻ばかり数えつづけて

頭からみどりの服に呑み込まれわたくしはひとひらのみどり

長病みののちと知るときてのひらの熱がしずかにうばわれてゆく

尋ね触れいっそ分け入りたくもなおただ仰向けによこたわるのみ

## しずく

ぎこちない心を乗せて真四角のエレベーターがくらりと止まる

医師の話はとめどなく続いていていていま横隔膜のちょうど中ほど

針先はいとやすやすと二の腕に立ちてゆるりと顔うずめゆく

点滴の落ちるリズムにオリーブの落花のリズム重ねておりぬ

つらく生きてきた手と思う　滴りとなりても守りたき手と思う

君の肌身の暦にははるか来し方の刻印あまた　酸ゆく、やさしく

遠い日の綿あめふっと思わせる「まほろば」というあたたかき言《こと》

いざないはみどりのしずく　ほつほつと魂の切り株にこぼれる

こちらこそ、こちらこそ、と重ねあう　散りぎわのさくらのように

## 少年の夏

少年のあなたが今を走り来てわたくしの目の奥でまばたく

あなたの言葉が緑の枡目からすうと立ち上がるときわたくしは空

（かまわないよ）ここから先が昨日でも百日紅の深き虚《うろ》でも

くぐり抜けてきたかなしみを引き揃え（かまわないよ、かまわないよ）

あなたの胸に天道虫がそっととまる　羽のないわたくしのかわりに

前《さき》の世の虫かごに忘れられたまま二世《ふたよ》を啼いている油蟬

ふたごもりとは夢の夢　あさがおのひとえのつるに風生れて消ゆ

今生のほとりに並び仰ぎ見る銀の空より前《さき》の世の雨

君は熱いたなうらを開きわたくしにひとつ心の置き処《ど》を示す

三十五篇の詩からあなたはゆっくりと引き潮になってゆくのだろうか

おとがいの尖りを夏の陽に晒し少年が抱くつかのまの時

## 九月の海

扉をひらけばそこが帰る場所だったというような海　朝焼けの海

踏みゆけるひと足ごとのかなしみの青たたなわる小径は海へ

なだらかに海へとつづく石の段《きだ》に陽のぬくもりのたっぷりとして

右の手に九月の海をたずさえて君はゆるりと坂のぼりくる

さしのべるうつぎのようなわたくしの指の先にも海がひらける

砂山で、あるいは波に遊ばせて　抱くはずの子は生まれぬままに

水底に七度《ななたび》鳴きてだまりこむベル　君はこんな声で鳴くのか

ベルの主《ぬし》はきっとわたくし　青い受話器に青い手紙を綴るわたくし

いまを連ねて行けるだろうかはつ秋の桜はなびらしんしんと降る

さるすべりの白のひと枝たむけられあるがままとういずまいに立つ

# あとがき

「出立」という一連から、この歌集は始まります。二〇〇四年四月の「熾」誌の創刊は、私にとって、まさに新たな「出立」でした。

長くお世話になった「醍醐」を退会し、進むべき道を見失っていたところへ、沖ななも先生が新しい結社を起こされるという吉報が、天から縄梯子のように降りてきました。

創刊号に寄せた原稿用紙の一行目に「出立」という連題を書いたときの心のふるえを、あれから四年を経た今でも、はっきりと覚えています。気負いの目立つ歌ですが、このささやかな歌集の巻頭に、この一連を刻んでおきたいと思いました。

一章には「熾」誌の創刊から二〇〇六年の春まで誌上に出詠した歌をまとめました。制作時期が前後しますが、二章と三章は「熾」入会前の二〇〇〇年の秋から〇四年の初め頃までの歌です。二章は「醍醐」「北冬」「Appendix」等に、三章は主に「GANYMEDE」

に発表させていただいた歌です。四章には、二〇〇六年の春から〇七年の年末までに「熾」ほかに出詠した歌をまとめました。

ともすればひと吹きの風に飛ばされてしまいそうな〝草の身〟ですが、細々とした身の内に命の水をめぐらせながら、新しい大地に根を張って、みどりを深めて行ければと願っています。

沖ななも先生より懇切な栞文をいただきましたことはたいへん有難く、身の引き締まる思いです。大原信泉様には素敵な装丁の労をおとりいただきました。北冬舎の柳下和久様にはこの一冊の誕生に到るまでの一切をお世話になりました。皆さまに心から御礼を申し上げます。

第一歌集の上梓から今日までの七年半、たくさんの別れと出会いがありました。その間、私を支えてくださいましたすべての方々に感謝を申し上げます。

二〇〇八年初夏

大久保春乃

本書収録の作品は２０００(平成12)―０７年(平成19)に制作された３９３首です。本書は著者の第二歌集になります。

［熾叢書０２０］

著者略歴

**大久保春乃**

おおくぼはるの

1962年（昭和37）、神奈川県平塚市に生まれる。88年、「醍醐」入会。2000年（平成12）、「醍醐」新人賞受賞。03年、「醍醐」退会。04年４月、「熾」入会。歌集に『いちばん大きな甕をください』（01年、北冬舎）がある。

住所＝〒254-0815平塚市桃浜町29-20

草身《そうしん》

2008年９月20日　初版印刷
2008年９月30日　初版発行

著者
**大久保春乃**

発行人
**柳下和久**

発行所
**北冬舎**
〒101-0062東京都千代田区神田駿河台1-5-6-408
電話・FAX　03-3292-0350
振替口座　00130-7-74750
http://hokutousya.com

印刷・製本　株式会社シナノ



定価：［本体2200円＋税］
ISBN978-4-903792-12-5
落丁本・乱丁本はお取替えいたします